LIENZO
y
PAPEL

Alma Flor Ada
F. Isabel Campoy

ALFAGUARA

INFANTIL Y JUVENIL

Art Director: Felipe Dávalos
Design: Arroyo+Cerda S.C.
Editor: Norman Duarte

Santillana USA Publishing Company, Inc.
2105 NW 86th Avenue
Miami, FL 33122

Art D: *Lienzo y papel*

ISBN: 1-58105-423-8

Printed in Mexico

A Carmen Ceular y Pilar Ortiz, creadoras
de amistad.

Canta el sol
en la voz del gallo
y la alegría canta
en mi corazón
porque ha llegado
el mes de mayo
y nos vamos de fiesta
mi gallo y yo.

Domingo y su gallo Rulfo,
de Emanuel Paniagua.

Las palabras vuelan
como papalotes,
cruzando barrotes
sobre las verjas, llegan.

La fuga del papalote,
de Marjorie Ávila Salas.

Nos comunicamos.
Hablamos de juegos
y de la escuela.
Contamos cuentos,
oímos historias.

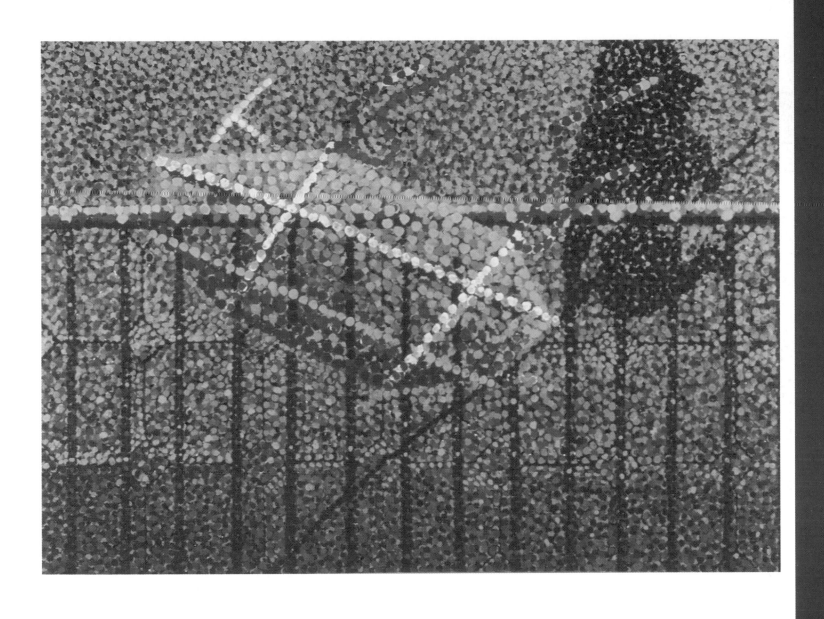

Adiós, señora!

—Buenos días tenga usted, caballero.

Y él, tan amable, se despide

levantándose el sombrero.

Toque a la oración,
de **Pedro Figari.**

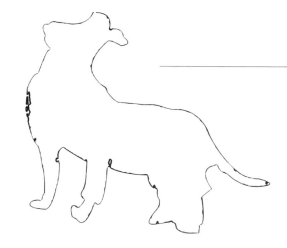

 Tenemos amigos.

Hablamos,

usamos gestos.

Siempre conmigo,
comparten mi alegría
y mis ganas de hacer amigos.
Son mi perro, mi guitarra
y un pajarito.

Mi tomeguín,
de **Hilario Cruz.**

Nuestro corazón
habla con la música.
Mi perro, con sus ojos.
El pájaro, con su canción.

Nos miramos al espejo,
nos reconocemos,
nos gustamos,
sabemos que al ser bilingües
valemos por dos.

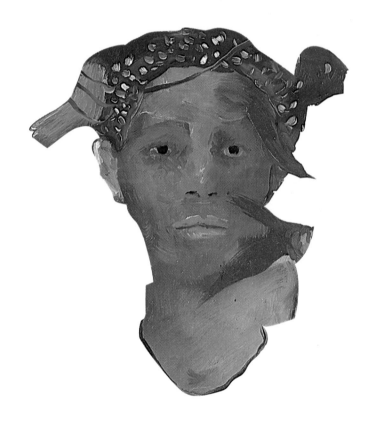

Autorretrato en rojo,
de **Michelle Concepción.**

 Hablamos inglés y español.
Tenemos amigos en México y en Nueva York.
Hablar dos idiomas nos hace ser
más valiosos y mejores.

Aprendemos de nuestros padres,
de las maestras, sólo con mirar.
Todos bajo este árbol,
en paz y libertad.

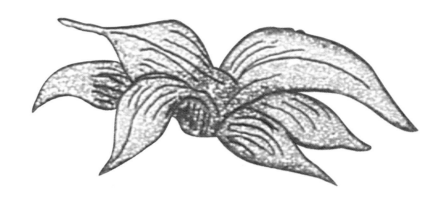

Vuelta al hogar,
de **Francisco Álvarez.**

Libertad es un derecho,
tuyo,
mío,
y de todos los demás.

Es duro el trabajo en mi huerta,
pero ¡qué feliz me siento
ofreciendo a mis amigos
las frutas de mi cesta!

El costeño,
de José Agustín Arrieta.

Trabajamos,
ayudamos,
somos útiles,
somos hermanos.

Nuestro hogar es rico:
tenemos comida,
el canto de un pájaro
y nuestro amor.

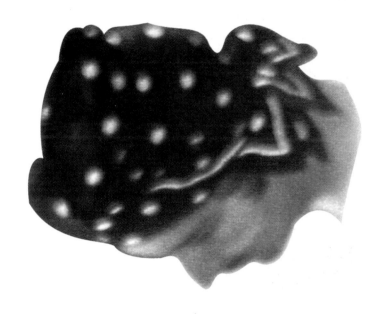

El chinaco y la china,
de José Agustín Arrieta.

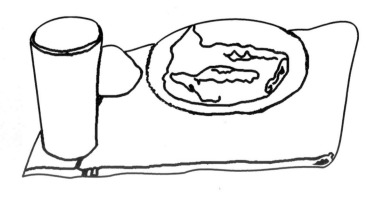

Una palabra bonita,
un abrazo sin fin,
una familia unida,
un hogar muy feliz.

J ugar hace felices
a los grandes
y a los pequeños.
Jugar nos hace a todos
un poquito más buenos.

Máscaras (detalle),
de Francisco de Goya.

Nos disfrazamos.
Usamos máscaras.
Compartimos la risa,
la vida y la amistad.

Yo quiero ser arquitecta
y construir una casa
para mi gata
y mi muñeca.

Irene Estrella,
de Diego Rivera.

 Desde un petate de palma
podemos viajar lejos, muy despacio,
soñar con ser arquitectos,
y construir un palacio.

Traemos las verduras:
rojas, verdes, blancas.
El trabajo es duro.
Nuestra ayuda, franca.

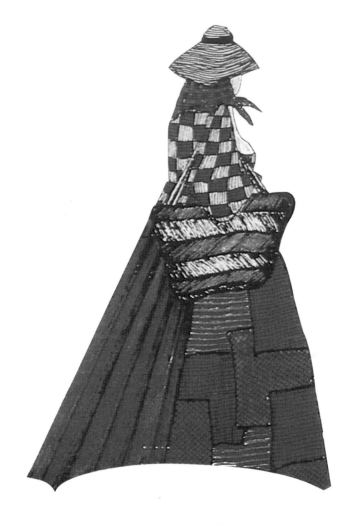

Dos hermanas,
de **Francisco Nuño.**

La familia se quiere,
se ayuda siempre.
La familia unida
nos hace muy fuertes.

EMANUEL PANIAGUA

Artista guatemalteco (1958) cuyos temas se inspiran en la cultura maya y quiché. Siempre fiel a su deseo de representar acontecimientos, realidades e ideas de la vida a su alrededor, abandonó sus estudios universitarios para dedicarse al arte. Autodidacta, Emanuel Paniagua ha experimentado con muchos medios y formatos. Es un pintor reconocido internacionalmente.

Domingo y su gallo Rulfo

La unión de Domingo y Rulfo es de amistad y cariño. Esta obra combina el óleo sobre lienzo con espacios de tela propios de la artesanía guatemalteca, cosidos al cuadro.

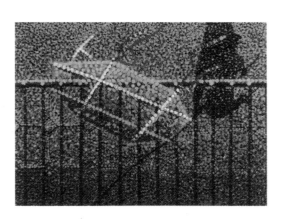

MARJORIE ÁVILA SALAS

Esta artista nació en Costa Rica. En su pintura fija los recuerdos de su infancia con un estilo que exige de nuestra imaginación para ver a través de sus elementos la belleza de la composición.

La fuga del papalote

Un papalote vuela sobre la verja de la casa. La niña mira a lo alto queriendo alcanzarlo. Marjorie Ávila crea sus pinturas con millones de puntos que forman contornos fugaces, insinúan líneas y sugieren escenas. Las concentraciones de puntos dan forma a situaciones que deben ser interpretadas por el espectador.

❧ PEDRO FIGARI

Artista uruguayo (1861-1938) autor de obras de gran intensidad y estudioso de la pintura europea de principios de siglo. Viajó a París y allí creó una pintura postimpresionista, anecdótica e ingenua. Uno de los más grandes artistas uruguayos, autor de más de dos mil óleos sobre cartón. Fue también abogado, escritor, filósofo y educador.

Toque a la oración

❧ Una escena de la vida diaria en una calle de Montevideo. Los colores, muy suaves, son los que dan forma a las figuras. Figari pintó escenas cotidianas, como ésta, en la que capta un momento en la vida de una comunidad. Es un óleo sobre cartón.

❧ HILARIO CRUZ

Pintor cubano nacido en 1964, con estudios formales de pintura en La Habana. Su obra abarca tanto el paisaje realista como la pintura imaginativa, y habla de una intensa vida interior. Utiliza una gran variedad de medios para expresarse. Reside en Pinar del Río, Cuba.

Mi tomeguín

❧ El personaje mira a su alrededor y, a pesar de sus carencias, piensa que tiene todas las riquezas que cualquiera pueda desear: su perro, el canto de los pájaros y una guitarra para crear música. Es un cuadro a lápiz sobre cartulina.

✒ MICHELLE CONCEPCIÓN

Joven artista nacida en Puerto Rico. Su inspiración encuentra forma en el paisaje y la vida de su isla. Ha realizado exposiciones internacionales y su obra empieza a encontrar un lugar en importantes colecciones de arte.

Autorretrato en rojo

✒ En los cuadros de Michelle Concepción el color predomina sobre la línea. Su autorretrato está rodeado de una frondosa vegetación, típica de Puerto Rico.

✒ FRANCISCO ÁLVAREZ

Este gran artista español utiliza varios medios para expresar su creatividad. Es pintor al óleo, creador de serigrafías e ilustrador de libros. La originalidad de su imaginación es estimulante. Vive en Madrid. Su esposa Viví Escrivá y sus hijas, Ana y Sandra López Escrivá, son igualmente famosas pintoras.

Vuelta al hogar

✒ El atardecer hace buscar a estos pájaros un lugar dónde pasar la noche. Este grabado en agua fuerte y agua tinta refleja la paz y la vitalidad de los campos de Castilla.

JOSÉ AGUSTÍN ARRIETA

Artista mexicano (1802-1874) nacido en Santa Ana Chiautempan, Tlaxcala. Se educó en la Academia de Arte de Puebla, donde aprendió los estilos clásicos, bodegones, retratos, retablos y escenas costumbristas. Se le conoce como el gran maestro del color y por su destreza para reproducir fielmente el encanto de lo vernáculo. Recibió muchos premios y su pintura figura en las grandes pinacotecas del mundo.

El costeño

Pintado en óleo sobre lienzo, este cuadro representa un trozo de la historia y de la sociedad mexicanas, un tema preferido por José Agustín Arrieta. Rica en matices y con especial atención al detalle, esta pintura *realista* de costumbres es una de las más conocidas de este artista.

El chinaco y la china

En el mismo estilo *realista* y con idéntica riqueza de detalles del cuadro *El costeño,* José Agustín Arrieta pinta aquí toda la belleza de lo vernáculo en un momento de ternura y felicidad.

❧ Francisco de Goya

Pintor español (1746-1829) considerado como el "padre del arte moderno". Pintó con realismo y sinceridad lo que no aparecía en los cuadros de sus contemporáneos. Pintó hasta los 82 años y cambió su estilo a lo largo de los 60 años de su carrera. Pintor de la corte y del pueblo, es uno de los grandes pintores de la historia universal.

Máscaras

❧ Es carnaval, tiempo para el juego y los disfraces. Esta fiesta popular refleja la participación de todo un pueblo en las fiestas de febrero en el Madrid de Goya. Es una pintura *realista*.

❧ Diego Rivera

Pintor de la historia de México en murales públicos, es el más reconocido mundialmente. Diego Rivera (1886-1957) nació en Guanajuato. En su juventud viajó a Europa y quedó fascinado por la forma de ver la pintura de Pablo Picasso, pero al regresar a México sólo le interesó pintar clásicas escenas de la vida y las costumbres de sus contemporáneos. Estuvo casado con Frida Kahlo, otra famosa pintora.

Irene Estrella

❧ En sus líneas y colores hay una gran fuerza expresiva. *Irene Estrella*, con sus juguetes, es una figura popular que representa a la niñez mexicana.

Francisco Nuño

Pintor e ilustrador español.
Su pintura refleja la vida de los
campesinos de las huertas de Murcia
y Alicante. Pinta con tinta y lápices
sobre papel.

Dos hermanas

La presencia constante de la mujer en la pintura de Nuño se hace
aquí a través de dos hermanas campesinas que regresan de recoger frutas
de la huerta.

ACKNOWLEDGEMENTS

Cover; page 5 / Emanuel Paniagua, *Domingo y su gallo Rulfo*. Copyright © Emanuel Paniagua. From the collection of Mr. & Mrs. Tim Tronson. Reproduction authorized by the artist.

Page 7 / Marjorie Ávila Salas, *La fuga del papalote*. Copyright © 1995 Marjorie Ávila Salas. Reproduction authorized by the artist.

Page 9 / Pedro Figari, *Toque a la oración*. Reproduction authorized by the Museo Nacional de Artes Visuales / Montevideo, Uruguay.

Page 11 / Hilario Cruz, *Mi tomeguín*. Copyright © Hilario Cruz. From the collection of F. Isabel Campoy. Photo by Dale Higgins. Reproduction authorized by the artist.

Page 13 / Michelle Concepción, *Autorretrato en rojo*. Copyright © 1994 Michelle Concepción. Reproduction authorized by the artist.

Page 15/ Francisco Álvarez, *Vuelta al hogar*. Copyright © Francisco Álvarez. Reproduction authorized by the artist.

Page 17/ José Agustín Arrieta, *El costeño*. Private collection. Photo provided by the Biblioteca de las Artes / Mexico.

Page 19 / José Agustín Arrieta, *El chinaco y la china*. Private collection. Photo provided by the Biblioteca de las Artes / Mexico.

Page 21 / Francisco de Goya, *Máscaras* (detail). Photo provided by Oficina de Turismo de España / Los Angeles.

Page 23 / Diego Rivera, *Irene Estrella*. Copyright © 2000 Reproduction authorized by the Instituto Nacional de Bellas Artes y Literatura and Banco de México, Fiduciario en el Fideicomiso relativo a los Museos Diego Rivera y Frida Kahlo.

Page 25 / Francisco Nuño, *Dos hermanas*. From the collection of F. Isabel Campoy and Alma Flor Ada. Photo by Lou Dematteis.